Sybille Miller

HundeEngel

© 2020 Sybille Miller

Verlag & Druck: tredition GmbH, Halenreie 40-44, 22359 Hamburg

ISBN
Paperback   978-3-347-21973-1
Hardcover   I978-3-347-21974-8
e-Book   978-3-347-21975-5

Für

Lisa, Nico, Cookie, Ronja,
Paco, Shadow, Wilson, Leon,
Luna, Millie, Lotti,
Arno, Belli
und Mima

Wise man said just raise your hand

And reach out for the spell

Find the door to the promised land

Just believe in yourself

Hear this voice from deep inside

It's the call of your heart

Close your eyes and you will find

The way out of the dark

Here I am

Will you send me an angel

Here I am

In the land of the morning star

(Klaus Meine / Rudolf Schenker)

1

E s ist Frühling und ein schöner Tag. Die Sonne strahlt vom blauen Himmel und die Vögel singen in den Bäumen. Auch die Bienen summen fleißig und bestäuben die Kirschblüten. Unter dem Kirschbaum sitzen zwei beieinander. Es ist ein kleines Mädchen, das eigentlich gar nicht mehr so klein ist und ein alter Hund. Ganz weiß ist er schon um die Schnauze. Das Mädchen hat die Beine ausgestreckt und der Hundekopf liegt auf dem Schoß und wird gekrault; Ganz sanft. Das Mädchen hat Tränen in den Augen aber versucht sich ihre Traurigkeit nicht anmerken zu lassen. Sie möchte nicht, dass der Hund ihre Traurigkeit spürt.

Aber das ist vergebliche Mühe. Selbstverständlich merke ich, dass meine Antje traurig ist. Und ich kann mir auch denken warum. Mir geht es nicht gut. Bisher waren es nur ab und an Schmerzen in den Gelenken. Ich kann auch nicht mehr im Galopp rennen, aber seit heute morgen fällt mir das Atmen schwer. Es rasselt beim Einatmen tief in der Lunge. Ich kuschel mich noch stärker an meine Antje. Ich habe sie doch so lieb, aber ich glaube, dass ich sie bald verlassen muss. Ich merke, dass mein alter Hundekörper nicht mehr allzu lange durchhalten wird. Ich fühle mich so behütet, hier in meinem Garten mit meiner Antje unter meinem Kirschbaum. Wie oft sind wir zusammen hier herumgerannt, haben mit dem Ball gespielt oder Leckerli gesucht. Und wie oft sind wir einfach nur nach dem Spielen im Grass gelegen, mein Kopf auf ihrem Bauch. Häufig hat sie mir vorgesungen, weil ich das so gerne habe.

Ich schaue ihr in die Augen und auch jetzt hebt sie an mir etwas vorzusingen. Ganz schwach wedel ich mit dem Schwanz. Ich schließe die Augen und genieße den Klang ihrer Stimme. Es beruhigt mich und ich fühle mich geborgen. Sie singt weiter auch wenn ihr ab und an die Stimme versagt. »Wir genießen die letzten Stunden, die uns bleiben«, singt sie mir ganz sanft zu und küsst mich auf den Kopf.

Plötzlich merke ich, dass noch jemand da ist. Deshalb öffne ich die Augen und gucke mich um, und tatsächlich neben mir sehe ich schemenhaft einen großen braunen Hund. Antje scheint ihn nicht mit den Augen wahrzunehmen, aber auch sie schaut, als ob sie etwas bemerkt hat.

»Kennst du mich noch, Pipo?« Der Hund stupst mir leicht an der Nase. »Lange ist es her, nicht wahr?«

»Jana«, frage ich ungläubig. Ganz tief in meiner Erinnerung regt sich etwas.

Die schemenhafte fast durchsichtige Hündin geht jetzt auch auf Antje zu und reibt ihren Kopf an ihrem. »Sie sieht mich nicht, aber ganz unten im Unterbewussten merkt sie, dass ich da bin.«

»Sie ist traurig.«

»Ich weiß!«

»Es ist weil ich...«

»Ich weiß.«

»Woher...?«

Jana lächelt liebevoll. »Deswegen bin ich doch hier. Ich bin hier um dich abzuholen, und dich zu geleiten.« Sie legt sich auf die andere Seite neben mich.

»Du brauchst keine Angst zu haben. Es ist nicht schlimm. Nicht schlimm für dich. Ganz leicht.«

Antje beugt sich jetzt über mich und vergräbt ihr Gesicht in meinem Fell. Ich spüre ihren warmen Atem auf der Haut.

»Und bis jetzt habe ich dir doch immer die Wahrheit gesagt.«

Ich nicke.

»Und eigentlich, musst du doch zugeben, habe ich dich auch zu einer besseren Zukunft geführt, oder?«

»Ja, bestimmt.«

»Dann glaube mir, es ist ein ganz einfacher Weg. Und es wird noch schöner sein als hier bei unsrer Antje.

»Sie war auch deine Antje, oder?«

»Ja, das war sie und ist sie auch noch!«

»Und war sie damals auch so traurig.«

»Mhm, das war damals auch schlimm.«

»Aber es wurde besser?«

»Das hast du doch gemerkt, oder? Mit deiner Hilfe.«

»Ja das stimmt.«, erinnere ich mich. Ich hänge meinen Gedanken nach. Weiß ich noch, wann ich Jana das erste mal begegnet bin? Und wie ist es dazu gekommen?

2

Es war dunkel, es donnerte und blitzte und ich fühlte mich mutterseelenallein auf der Welt. Ich hatte panische Angst, und wollte weg, aber die Kette hielt mich an Ort und Stelle. Der Mensch, bei dem ich wohnte war kein guter Mensch und es kümmerte ihn auch nicht, dass ich draußen in der Kälte im strömenden Regen saß und zitterte. Ich hatte mich da eigentlich schon aufgegeben. Sollte der Blitz oder der Donner mich doch holen. Zu dem ganzen Ungemach setzten auch wieder meine Bauchschmerzen ein, die ich schon seit ein paar Wochen mit mir herumschleppte. Ich krümmte mich vor Schmerz und jaulte leise.

Da fühlte ich eine Pfote neben mir ganz sacht, fast nicht wahrzunehmen. Und eine warme feuchte Schnauze stupste mich sanft gegen den Hals.

»Hallo!«

Eigentlich sollte ich, sobald ich jemanden bemerkte, anschlagen und bellen, aber ich war in dem Moment einfach zu schwach. Außerdem war mir, als spürte ich eine Wärme von dem fremden Wesen. Nicht solch eine Wärme wie man sie von einem Kaminfeuer kennt, mehr eine innere Wärme, in etwa, wie man sich als Welpe fühlt, wenn man sich an den Bauch der Mutter ankuschelt, oder auch so - habe ich erst später gelernt - wie es ist, wenn man mit seinem geliebten Menschen zusammen ist.

»Hallo«, sagte ich deshalb einfach zurück. Nur leise, so dass der Mensch, der in seinem Haus saß, das nicht als Gebell wahrnehmen konnte.

Ich musterte das fremde Wesen. Irgendwie war es ein Hund, aber irgendwie auch wieder nicht. Es hatte einen Kopf mit Schlappohren, eine Schnauze, vier Pfoten und einen Schwanz; und würde optisch in die Kategorie Hund passen, wenn das Wesen nicht irgendwie durchscheinend wäre. Ein bisschen konnte man hindurchsehen. Außerdem roch das Wesen ganz anders, nun nicht ganz anders schon irgendwie nach Hund, aber irgendwie auch nicht. Es ist schwierig das für jemanden zu beschreiben, der nicht über den Geruchssinn eines Hundes verfügt. In der Menschensprache fehlen dafür schon die grundlegenden Vokabeln.

»Wer bist du?«, fragte ich dann.

»Ich heiße Jana, und ich möchte dir helfen.«

»Helfen? Warum?«

»Dir geht es nicht gut.«

Ich hob die Augenbraue, woher wusste sie das.

Sie schmunzelte mich an: »Ich spüre das. Und ich habe die Aufgabe, mich um dich zu kümmern.«

Jetzt war ich vollkommen baff. Warum hatte ein anderer Hund die Aufgabe, sich um mich zu kümmern.

»Vertrau mir. Ich habe einen anderen Plan mit dir. Du sollst nicht hier bleiben.«

»Wo soll ich denn hin?«

»Zu meinem Menschen!«

»Zu deinem Menschen? Ja hast du denn auch einen Menschen?«

»Ja, ich habe auch einen Menschen, der mir sehr viel bedeutet. Und auch für den habe ich eine Verantwortung übernommen. Und deshalb bin ich jetzt da.«

Irgendwie erschloss sich mir der Zusammenhang nicht ganz. Zu einem anderen Menschen - Janas Menschen - aber für den hatte sie Verantwortung und warum war sie dann nicht dort sondern hier?

»Es wird kein einfacher Weg werden. Leider. Aber ich verspreche dir, es ist gut so.«

Ich schaute den anderen Hund lange einfach nur fragend an.

»Vertrau mir!«, wiederholte Jana und ihre braunen Augen schauten mich beruhigend an.

Am nächsten Morgen dachte ich über die merkwürdige Begegnung nach. Ob das ein Traum gewesen war? Mein Mensch kam vorbei und brachte mir einen Napf mit Futter.

»Pipo, das soll ein Wachhund sein?«, schimpfte er und drohte mit der Faust. »Aufstehen sollst du.«

Ich erhob mich auf wackeligen Beinen. Seit es mit den Bauchschmerzen angefangen hatte wurde ich zusehends schwächer. »Du elendiger Hund«, schimpfte der Mensch weiter, »dich kann man zu gar nichts mehr gebrauchen.«

Später am Tag kamen andere Menschen zu meinem Menschen, einer war dabei, den mochte ich mehr als die anderen. Er war nicht ganz so garstig zu mir wie die anderen Freunde meines Menschen, die mich oft schon getreten hatten.

»Du, ich glaube du solltest mit Pipo zum Tierarzt. Der schaut gar nicht gut aus«, sagte er zu meinem Menschen, aber der winkte unbeteiligt ab. »Entweder er packt's oder aber nicht. Keine Ahnung, was der hat.« Sie gingen ins Haus und niemand beachtete mich weiter. Ich war froh darum, denn ich hatte Angst vor den groben Kerlen.

Am kommenden Nachmittag schaute mein Mensch ganz besonders griesgrämig drein. Ich spürte, dass etwas an ihm anders war. Er roch ein bisschen wie aggressiv, aber nicht ganz, auch nicht wütend, ärgerlich vielleicht. Er machte mich von der Kette los und band eine Leine an mein Halsband. Ich freute mich, endlich durfte ich ein bisschen gehen, und deshalb bemühte ich mich trotz der Schmerzen mitzugehen. Ich wollte es genießen und schnüffeln, aber mein Mensch zog mich an der Leine hinterher. Er setzte mich ins Auto und fuhr mit mir davon. Ich weiß nicht mehr wie lange, aber ich erinnere mich, dass mir ganz übel wurde. Bei einer schnellen Kurve passierte es, ich musste mich übergeben. Kurz darauf hielten wir an einem Waldstück an. Mein Mensch öffnete den Kofferraum um mich herauszulassen und lief rot an vor Wut, als er die Bescherung neben mir sah.

Er schrie mich an und schlug mir gegen die Nase. Dann zog er mich aus dem Kofferraum und wir gingen ein kurzes Stück Waldweg entlang. An einem Baum nahm er die Leine und band sie fest um den Stamm. Ich war ganz nah am Stamm und hatte kaum Bewegungsspielraum. Dann drehte er sich um und wollte davongehen. »Blöder kranker Köter!«

Auf einmal war Jana wieder da. Sie stellte sich ihm in den Weg. Er bemerkte sie nicht und ging einmal durch sie hindurch. Ja, das ist kaum zu glauben, aber er konnte durch Jana hindurchgehen, als ob sie aus Nebel wäre. Doch dabei muss er etwas gespürt haben. Er zuckte zusammen und schaute sich nervös um. Jana kam näher an ihn heran und er wich einen Schritt zurück. Hektisch schaute er nach links und nach rechts, aber er konnte nicht begreifen, woher seine Beklemmung kam.

»Jetzt hab ich auch noch ein schlechtes Gewissen wegen dem Köter.« Er drehte sich zu mir um, kam auf mich zu und löste mein Halsband.

»Und jetzt verschwinde!« Er machte eine dazu passende Handbewegung »Hau ab!«

Ich verstand nicht. Ich wollte bei meinem Menschen bleiben. Zögerlich ging ich auf ihn zu.

Er drehte sich um und ging auf sein Auto zu. Ich folgte ihm und musste mich sehr anstrengen, schnell zu laufen. So sehr hatten mich meine Bauchschmerzen mitgenommen, dass ich langsamer war als ein Mensch. Er stieg ins Auto, machte die Tür zu und startete den Motor.

»Halt!«, bellte ich verzweifelt. »Ich bin noch hier draußen. Du hast mich vergessen.«

Noch einmal schaute er mich durch das Seitenfenster an und dann fuhr er davon.

»Bitte, warte, Bitte nimm mich mit. Bitte lass mich nicht allein«, jaulte ich noch hinter den Autoreifen her. Ich wollte hinterherlaufen, so schnell mich meine Pfötchen trugen, ich wollte ihn einholen, ich...

»Lass ihn wegfahren«, hörte ich Janas Stimme neben mir. »Er hat es nicht verdient, dass du ihm nachläufst.«

Es tat mir tief im Herzen weh. Mein Mensch hatte mich zurückgelassen. Er hatte mich verlassen. Aber Jana war bei mir und sprach beruhigend auf mich ein, um mich zu trösten.

»Komm mit mir.« Sie ging einen Weg voraus der weiter in den Wald hineinführte. Sie ging ganz langsam, so dass es mir leicht fiel, das Tempo zu halten.

3

Warum tust du das?«, fragte ich Jana als wir nebeneinander den Weg entlang gingen. Nun, ich schwankte mehr und bei Jana sah es ein bisschen so aus, als ob sie schwebte.

»Das ist meine Aufgabe.«

»Bist du überhaupt ein Hund?«

»Ich war ein Hund.«

»Und jetzt nicht mehr?«

»Doch, schon irgendwie.«

Irgendwie wurde ich aus ihren Antworten nicht schlau.

»Es ist schwierig zu erklären«, fuhr sie fort. »Eines Tages werde ich dir alles erzählen. Aber für den Moment muss das genügen«. Sie stupste mich mit der Schnauze sanft an. »Hab keine Angst. Ich verspreche dir es wird sich alles zum Guten wenden. Bestimmt.« Es lag so viel Zuversicht in ihrer Stimme.

Wir kamen an das Ende des Waldes und der Weg führte zu einer Ortschaft. Jana ging direkt darauf zu. Wir gingen in den Ort hinein und die Menschen die unterwegs waren, konnten Jana nicht sehen. Aber mich sahen sie. Manche interessierten sich nicht für mich, andere schauten umher, um zu sehen ob mein Mensch in der Nähe war. Es dämmerte bereits und Jana zeigte mir einen Platz vor einem Gebäude.

»Setz dich hierhin, und bestimmt kommt bald ein Mensch heraus. Hab keine Angst vor ihm, das Gebäude vor uns ist die Polizei und es ist gleich Feierabend, da werden die Polizisten nach Hause gehen und dich hier vor der Tür finden. Da du niemanden bei dir hast, wird man sich um dich kümmern.«

»Ja, aber ich dachte ich soll zu deinem Menschen gehen?«

»Menschen sind manchmal etwas schwerfällig, wahre Dinge zu begreifen. Deshalb muss unsereins Umwege gehen, und die Menschen mit der Schnauze darauf stoßen, damit sie verstehen. Und so eine Art Umweg ist das gerade.«

»Dann ist der Mensch, zu dem du mich bringen willst, kein Polizist?«

»Nein. Ein Mädchen, sie heißt Antje.«

Antje, den Namen hatte ich noch nie gehört. Würde ich bei ihr willkommen sein? Wie die groben Kerle bei meinem Menschen würde sie mich bestimmt nicht behandeln.

Ich saß da und hatte schrecklichen Hunger und Durst und fühlte mich ganz elend, als eine Dreiergruppe Polizisten aus dem Gebäude kam. Zwei Männer und eine Frau. Sie hatte schon einen Fahrradhelm auf dem Kopf, der eine Mann entwirrte Kabel und steckte sich das eine Ende in das rechte Ohr.

»Was hörst du?«, fragte die Frau.

»Ich habe das neue Album von.. He schaut mal, da sitzt ein Hund.«

»Ich sehe, dass da ein Hund sitzt.«

»Es ist aber kein Mensch in der Nähe. Ob das Herrchen oder Frauchen gleich um die Ecke kommt?«

»Schaut mal«, der andere Mann, ohne Kabel im Ohr, kam auf mich zu und zeigte auf meinen Hals, »er hat gar kein Halsband.«

»Jetzt warten wir erst mal kurz, ob jemand kommt«

Jana nickte mir zu. »Du kannst ruhig auf die drei zugehen.»

»Kommst du nicht mit?«

»Ich bin hier ganz in der Nähe«

Ich stand also auf und lief langsam auf die drei zu.

»Hey, du? Na wo hast du denn dein Herrchen gelassen?«, fragte mich der Polizist mit Kabel. Er streckte mir seine Hand entgegen, damit ich schnüffeln konnte. Er roch ein bisschen nach Schweiß aber sympathisch.

»Er sieht ganz schön mitgenommen aus, der Hund; ganz dünn und struppig.«

»Stimmt und er bewegt sich seltsam, so als ob er Schmerzen habe.«

Sie warteten ein paar Minuten, ob nicht doch noch jemand auftauchte. Die Polizistin setzte sich auf das Mäuerchen und angelte Kaugummis aus der Handtasche. »Möchte noch einer?« fragte sie und bot ihren Kollegen das Päckchen an.

»Ich! Ich!« bellte ich, denn ich hatte so schrecklich Hunger.

»Hui, da möchte jemand aber auch was abhaben.«

»Kaugummis, quatsch, doch nicht für Hunde.«

»Kollegen, ich glaub da kommt keiner mehr, zu dem der Hund gehört.«

»Wir können ihn hier nicht einfach alleine zurück lassen, der rennt sonst vielleicht unter ein Auto.«

»Passt ihr mal auf, dass er nicht wegläuft, ich rufe den Tierschutz an, die sollen ihn ins Tierheim abholen lassen. Der Eigentümer wird sich schon melden.«

»Vielleicht ist er gechippt?«

»Das können die auch besser herausfinden als wir. Ich ruf da schnell an.«

Die Frau verschwand wieder im Haus.

Ich zitterte. Tierheim hörte sich gar nicht gut an. Mein Mensch hatte mir immer gedroht »Ich bring dich sonst ins Tierheim!« und da sollte ich nun hin. Ich schaute Jana verzweifelt an. Hatte ich ihr fälschlicherweise vertraut, wollte sie mir vielleicht gar nichts Gutes? Aber der Gedanke war nur kurz. Denn tief in mir drin fühlte ich ein instinktives Vertrauen.

Jana stellte sich dicht neben mich. »Das ist auch so ein Umweg.« Und ich verstand.

4

Ein paar Minuten später rollte ein Wagen heran. Ich war so froh, dass ich Jana neben mir sitzen spürte. Der Wagen hielt und ein junger Mann stieg vom Fahrersitz.

»Da ist ja der Ausreißer!«, sagte er freundlich zu mir gewandt. Dann schaute er wieder ernst und sprach die Polizisten an.

»Sie haben ihn hier gefunden?«

»Ja, er saß da und kam dann auf uns drei zu. So, als ob er Hilfe suche.«

»Helga, da interpretierst du was rein.«, sagte der bekabelte Polizist zu der Frau.

»Na, auf jeden Fall ist er da ohne Halsband, weit und breit niemand der irgendwie dazugehört.«

»Frau Polizistin, genau dafür bin ich ja da.« Der junge Mann aus dem Auto lächelte der Polizistin zu. »Hemmel, mein Name...«, er streckte ihr die Hand hin. »Wir haben gerade telefoniert?«

»Ja, genau. Helga Kramer.« Die Polizistin erwiderte den Händedruck. Auch die beiden anderen Polizisten reichten dem jungen Mann aus dem Auto die Hand.

»Na dann wollen wir den kleinen Kerl mal mitnehmen.« Er kam mit seinen großen Händen auf mich zu. Ich hatte Angst und wollte weglaufen, aber Jana hielt mich zurück.

»Vertrau mir. Es wird alles gut!«

Da war der Mann schon bei mir und hatte mir ein Halsband übergezogen. Da hing auch eine Leine dran.

»So, du, dann komm mal mit.« Er führte mich nach hinten, wo er die Türen aufmachte und mich eine Rampe hochschob. Hochschob stimmt schon, denn ich wollte meine Pfoten nicht bewegen und deshalb musste er ein bisschen Kraft aufwenden, um mich in den Wagen zu bugsieren. Im Wagen zog er mich an der Leine in eine Gitterbox. Ich stemmte mich dagegen. »Nein, ich will nicht da rein!«, bellte ich verzweifelt, aber schon saß ich drin und der Mann schob die Gittertür hinter mir zu, indem er meinen Hundepopo mit der Gittertür weiter in das Gefängnis drückte.

»Brauchen Sie noch ein Photo?«, fragte er aus der Hintertür hinaus die Polizisten. »Ich meine, falls jemand einen entlaufenen Hund meldet.«

»Ja, schicken sie uns eines zu.« Die Polizistin war an den Wagen herangetreten und hielt dem Mann eine kleine Karte unter die Nase. »E-Mail-Adresse steht darauf.«

Lächelnd nahm der Mann die Karte entgegen und zwinkerte der Polizistin zu. Sie errötete ein bisschen.

»Ich melde mich auf jeden Fall bei Ihnen. Sie wollen doch sicher wissen, wie es mit unserem Freund hier weitergeht. Und wenn sie was von den Besitzern hören, ja sie kennen ja unsere Nummer.« Dabei sprang er aus dem hinteren Bereich des Wagens und schlug die Tür zu.

Da saß ich nun ganz alleine. »Jana! Jana!«, rief ich laut, aber der Mann hatte die Tür zugemacht, bevor Jana einsteigen konnte.

»Ich bin hier.«

Erschrocken drehte ich mich um. Da stand Jana hinter mir im oder am oder irgendwie bei dem Käfig. Zumindest der Kopf und die Vorderpfoten waren mit mir im Käfig. Das Hinterteil und der Schwanz waren draußen.

Zuerst dachte ich, sie sei verletzt, so wie die Gitterstäbe durch sie hindurchgingen, aber sie bewegte sich ganz normal und drückte sich beruhigend an mich.

»Tun die Gitterstäbe nicht weh?«

»Welche Gitter...; Oh ach so diese hier. Ups! Nein, mir tun sie nicht weh. Aber probier das bitte nicht selber aus. das geht nur, wenn man schon...«, sie hielt inne. »Wenn man so ist wie ich.«

Anhand der Vibration merkte ich, dass auch der Mann wieder ins Auto gestiegen war und er machte den Motor an. »So dann kommst du jetzt mit mir.«

Es ruckelte als der Wagen anfuhr.

»Jana, ich glaube mir wird übel.« Ich musste würgen, aber da ich seit Mittags nichts mehr gegessen oder getrunken hatte, kam nichts hoch.

»Du musst ruhig atmen, schau so.« Jana hob und senkte langsam den Brustkorb. »Du hechelst zu sehr. Dann wird einem schneller übel. Komm versuch es einmal. Ganz entspannt.«

Ich versuchte mich ein wenig zu entspannen und auch das Hecheln sein zu lassen, und tatsächlich ließ die Übelkeit etwas nach. Aber die Beklemmung blieb. Außerdem machten mir meine Bauchschmerzen schwer zu schaffen. So manches mal musste ich mich krümmen und sogar jaulen. Aber dann legte Jana ihre Pfote auf meine, und ich glaube, es hat etwas gegen die Schmerzen genutzt.

5

Es war schon dunkel geworden als wir anhielten. Der Mann, der Hemmel hieß, öffnete die Hintertür und auch die Gittertür meines Käfigs. Jana war zu diesem Zeitpunkt verschwunden.

»Na komm!« Der Mann streichelte mir über den Kopf und zog mich sanft, aber nachdrücklich an der Leine aus der Gitterbox und die Rampe hinunter. Wir waren an einem großen Gebäudekomplex angekommen. Aber welch ein Lärm. Ich hörte viele Hunde bellen »Ich will wieder zurück.« »Holt mich wieder.«

Deshalb stemmte ich mich auch mit allen vier Pfoten gegen die Leine als der Mann mich mit durch das Tor nehmen wollte. Meinen Schwanz hatte ich vorsorglich fest zwischen die Hinterbeine geklemmt.

»Du musst doch keine Angst haben. Braver Hund! Hier bist du erst mal gut aufgehoben. Und du wirst sehen, deine Herrchen oder Frauchen finden dich hier sicher.« Und dann mehr zu sich selbst fuhr er fort: »Wenn sie dich überhaupt holen wollen...«

Er brachte mich zu einem Zwinger. Das weiß ich jetzt wie das heißt, aber zu dem Zeitpunkt kannte ich das nicht. Das ist ein kleiner gekachelter Raum mit einer Decke darin und einer Luke nach draußen. Draußen ist ein eingezäunter gefliester Bereich.

Ich fühlte mich ganz elend. Ich hatte Heimweh nach meinem Menschen und ich fing jämmerlich an zu jaulen. Eine Frau kam herein. Sie trug zwei Näpfe bei sich und stellte sie vor mich hin. In einem war Wasser und im anderen eine kleine Portion was zu essen. Ich war so durstig, weil ich so lange nichts getrunken hatte und stürzte mich auf das Wasser.

»Ja, brav; trink!«, ermunterte mich die Frau und ging zu mir in die Hocke und streichelte mir über den Kopf.

» Was der Kleine wohl mitgemacht hat?«

»Er saß einfach bei der Polizeistation. Keine Ahnung. Aber wer setzt denn einen Hund vor der Polizeistation aus und bindet ihn nicht an.«

»Schau mal, Phillip.« Die Frau drehte meine Schnauze ein bisschen ins Licht. »Hier sind Narben auf der Schnauze. Und ich glaube hier am Schulterblatt war mal was gebrochen.«

Jetzt fühlte auch der Mann an meinem Rücken und tastete am Schulterblatt.

»Du hast recht Melanie, es fühlt sich so an. Da soll am besten morgen mal der Reineke drüber schauen. Der ist eh angekündigt wegen der kleinen Kätzchen.«

»Ja, er muss sowieso untersucht werden und geimpft und dann schauen wir auch, ob er einen Chip hat.«

Phillip wandte sich wieder zu mir. »Und du sollst erst mal eine Mütze voll Schlaf kriegen, hm? Und dann schauen wir morgen, wie es weitergeht.«

Beide streichelten mich noch über den Kopf, bevor sie den Zwinger verließen und mich einschlossen.

Schon war Jana wieder bei mir auf der Decke und kuschelte sich an mich. »Es wird alles gut, Pipo.« Müde und erschöpft schlief ich dann ein.

Am nächsten Morgen wachte ich vom Hundegebell auf. Wo war ich? Dann fiel es mir wieder ein. Im Tierheim - ich schauderte ein bisschen, aber so schlimm, wie ich es mir vorgestellt hatte, war es nicht. Ich lief den Zwinger auf und ab und schaute sogar durch die

Luke nach draußen. Melanie brachte mir neues Futter und Wasser, blieb aber nicht bei mir sondern beeilte sich, um auch den anderen Hunden was zu bringen. Ich langweilte mich sehr.

Gegen Nachmittag tauchten zwei neue Menschen auf. Ich hatte mich gerade in den Außenbereich gelegt um ein bisschen die Sonne zu genießen, als sich ein beißender Geruch breitmachte: Angst! So rochen Hunde wenn sie Angst hatten und ich merkte wie das Gebell ganz leise wurde. Die anderen Tiere verkrochen sich in ihren jeweiligen Innenbereich und alle hatten den Schwanz zwischen die Hinterbeine geklemmt.

»Was ist los?«, bellte ich eine Hündin im Nachbarzwinger an.

»Das sind die Tierärzte.«, sagte sie noch und versteckte sich dann ganz in der Ecke.

Die zwei Menschen kamen den Weg an den Außenzwingern entlang und trafen dort auf Phillip.

»Guten Morgen Herr Reineke, guten Morgen Frau Hurgud.«

»Guten Morgen Herr Hemmel.«

»Was machen die Kätzchen?«

»Soweit wohlauf. Sie sind schon ganz schön gewachsen.«

»Na, dann können wir mit dem Impfen anfangen.«

»Ja gerne. Anschließend hätten wir aber noch eine Bitte. Wir haben einen Neuzugang bei den Hunden. Könnten Sie sich den noch ansehen?«

»Sicher, wir haben noch Zeit.«

Dann verschwanden sie in dem Gebäude, aus dem es fürchterlich nach Katze stank.

Wenig später hörte ich, wie sich der Schlüssel im Schloss drehte, und die Tierärzte kamen mit Phillip in meinen Zwinger. Beide Tierärzte hielten mir erst die Hand hin, damit ich schnüffeln konnte. Sie rochen merkwürdig steril.

Die Frau drückte an meinem Hals herum. »Gechippt ist er nicht.«

»Und hier an der Schulter, das scheint nicht vor kurzem passiert zu sein. Der Knochen ist zwar etwas schief aber gut verheilt.«

Als sie an meinem Bauch drücken wollten, fletschte ich die Zähne. Hier sollte niemand anfassen; das tat doch so weh.

»Ui, was hast du denn?«, dann an den Mann gewandt, » Volker kannst du mal mit anpacken. Ich glaube der Knabe hier hat was dagegen, wenn man ihn am Bauch berührt.«

Mit festen Händen nahm Volker meinen Kopf, so dass ich weder nach ihm noch nach der Frau schnappen konnte. Ich konnte nicht sehen was die Frau tat, ich fühlte aber ihre Berührung genau. Zuerst fühlte sie vorsichtig, dann fing sie an mit drückenden Fingern abzutasten. Ich zuckte zusammen und schrie. Sofort ließ sie los. Ich hechelte um den Schmerz abzuschwächen, aber es funktionierte kaum.

»Volker, ich glaube, wir müssen den Kleinen hier mitnehmen. Wir sollten mal röntgen und vielleicht auch eine Ultraschallaufnahme machen.«

Die Tierärzte gingen mit Phillip wieder aus meinem Zwinger und ließen mich allein zurück. Ich hörte sie draußen vor der Tür miteinander reden.

»Ich befürchte wir müssen operieren, aber wir können genaueres erst nach den bildgebenden Verfahren sagen.« meinte Frau Hurgud

»Ist es dringend?« fragte Phillip besorgt .

«Ich denke nicht, aber der arme Kleine hat halt Schmerzen, und deshalb sollten wir uns beeilen.«

»Selbstverständlich.«

»Wir könnten ihn gleich mitnehmen.«

»Ähm, ich müsste noch wissen«, Phillip druckste herum, »was das alles kosten könnte. Wissen Sie, wir sind hier auf Spenden angewiesen und..«

»Ich verstehe schon Herr Hemmel. So genau können wir das noch nicht sagen, aber ich gehe von einem 3- bis 4☐ stelligen Betrag aus.«

Ich hörte Phillip draußen scharf die Luft einziehen.

»Schade, dass wir den Besitzer nicht ermitteln können. Der könnte dann zur Kasse gebeten werden.«

»Sie glauben doch nicht, dass jemand, der einen Hund so misshandelt, für eine Operation bezahlen würde.«

»Meinen Sie?«

»Den Narben an der Schnauze und der verheilten Schulter nach zu urteilen, hatte er es nicht sehr schön, da wo er herkommt.«

»Der arme Kleine. Nehmen Sie ihn mit und behandeln Sie was nötig ist. Wir werden die Kosten schon irgendwie stemmen können. Ich rede mit meiner Kollegin, was wir tun können.«

Dann rief er nach Melanie und öffnete für die beiden Tierärzte meinen Zwinger.

»Nein, ich will nicht mit. Ich brauche nicht operiert zu werden, was auch immer das ist«, bellte ich aufgebracht, und als die beiden näher kamen, zog ich meinen Schwanz ganz eng an die Hinterbeine und verkroch mich ganz weit in die Ecke. Aber ich hatte keine Chance. Die Tierärztin nahm mich am Halsband und zog mich aus meiner Ecke heraus. Ich stemmte mich zwar mit allen vier Pfoten dagegen, aber ich hatte wenig Chance. Ja später hätte ich mich sicher widersetzen können, aber zu dem Zeitpunkt war ich doch ausgemergelt und sehr schwach.

»Hab keine Angst Pipo«, Jana war wieder neben mich getreten. »Du musst nun ganz tapfer sein, aber ich verspreche dir es wird besser; Ganz bestimmt«

»Kommst du mit?«

»Sicher, ich bin bei dir.«

Als mich die Tierärztin nach draußen führte, hörte ich Phillip mit Melanie sprechen.

»Wir müssen Spenden für die Operation sammeln.«

»Ich weiß, aber wie?«

»Wir könnten was bei uns auf der Website veröffentlichen, oder Patenschaften anbieten.«

»Puh, das wird viel Aufwand, aber klar das machen wir.«

»Hast du sonst noch eine Idee?«

»Ich könnte mit unserem Partner-Tierschutzverein sprechen. Die haben da Erfahrungen.«

»Das wäre natürlich klasse, wenn die uns ein bisschen unter die Arme greifen könnten.«

Jana, die neben mir her gegangen war, blieb dabei kurz stehen und lauschte dem Gespräch gespannt zu.

»Jana?«, bellte ich. Denn ich kam mir mittlerweile ohne sie schrecklich verloren und verletzlich vor. Mit ihr an meiner Seite hatte ich deutlich mehr Zuversicht.

»Ich bin schon wieder da.« Mit einem Satz über mehrere Meter - mehr ein Schweben als ein Springen - war sie wieder bei mir.

»Bleibst du bei mir?«, fragte ich bange.

»Ich bin bei dir sobald die Operation beginnt, aber vorher muss ich noch schnell etwas erledigen. Aber ich verspreche, ich bin so schnell wieder bei dir, wie ich kann.«

Ich schaute sie mit großen Augen an.

Dann schoben mich die Tierärzte schon in einen Transporter.

6

Die folgenden Szenen habe ich nicht selbst erlebt, aber ich habe später davon erfahren. Da es zeitlich hier reinpasst, erzähle ich nun, was sich an anderer Stelle nicht viel später ereignete.

Ein kleines Mädchen, das eigentlich gar nicht mehr so klein ist, saß traurig am Küchentisch. Es war ihr schwer und sie spürte ihr Herz schmerzend in ihrer Brust. Immer wieder ging ihr Blick unwillkürlich zur Tür, als ob sie hoffte eine Hundeschnauze schaute herein. Aber dann presste sie die Lippen zusammen, atmete tief aus und schüttelte über sich selbst den Kopf. Es konnte keine Hundeschnauze um die Tür gucken. Es war vorbei. Jana war nicht mehr am Leben. Das Mädchen schluckte die bitteren Tränen hinunter und schnitt weiter den Brokkoli in kleine Röschen. Da war ihr auf einmal, als wäre sie nicht alleine. Sie drehte sich um, zum Herd, zur Arbeitsfläche. Niemand da. Sie ging aus der Küchentür hinaus und sah sich auf dem Gang um. Nein, es war niemand im Haus. Sie nahm wieder platz und wollte mit der Essenszubereitung fortfahren.

Plötzlich begann das Radio zu rauschen. Erschreckt drehte sie sich um, aber es stand niemand am Gerät. »Das liegt an dem Stand-by-Modus, von dem neuen Apparat. Vielleicht hat auch die Fernbedienung einen Wackler.«, dachte sie und stand auf um den Aus-Schalter zu betätigen. Das Rauschen änderte sich, wie bei einem Sendersuchlauf. Mal hörte man Stimmen, dann wieder Musik, dann Rauschen, bis das Radio sich auf einen Sender einstellte.

»Tierschutzverein krrrrr... krrrr sucht Paten für krrr.... krrr Operation misshandelter Hund..«

Wieder meldete sich das Radiogerät.

»Krrrr Spendenaktion«

Verwirrt schaltete sie das Radiogerät aus, hielt dann aber inne. Es war ihr, als gingen ihre Gedanken ihren eigenen Weg; Es war ihr als wäre ihre Jana bei ihr.

Sie überlegte: »Ja mit Spenden helfen, das kann ich. Ich kann nur keinen Hund aufnehmen. Weißt du Jana, das käme mir sonst wie Verrat an dir vor. Man kann dich doch nicht einfach ersetzen. Aber einem armen Tier helfen das kann ich. Das arme Tier darf nicht darunter leiden, dass ich traure.«

Sie sprang auf und schaltete das Radiogerät wieder ein und suchte den Sender, den sie aber nicht mehr fand. »Dann muss ich eben herausfinden, wo und wie man da helfen kann«. Sie angelte sich das Telefonbuch aus der Schublade und suchte nach Tierschutzvereinen in der Umgebung. Dann schüttelte sie den Kopf über sich selbst und ging an ihren Computer und suchte dort nach Tierschutzvereinen und aktuellen Spendenaktionen. Ja, da wurde sie fündig. Dort suchten Sie für die Operation eines Fundhundes Spenden. Sie hatten kein Photo auf der Website angebracht, aber die Kontaktdaten und Bankverbindung. Auch eine Telefonnummer war zu finden. Antje nahm tief Luft und wählte die angegebene Nummer.

Als sie aufgelegt hatte, fühlte sie sich besser. Sie hatte die Patenschaft für die Operation übernommen. Aber sie hatte auch klar dargestellt, dass eine Adoption für sie nicht in Frage kam. Das hätte ihre Jana nicht verdient. Doch für die Kosten, die für die Behandlung entstehen würden, wollte Sie aufkommen. Es würde zwar ein Loch in ihr Erspartes reißen, aber sie fand, sie hatte das richtige getan.

Sie setzte sich auf das Sofa, ließ ihren Oberkörper zur Seite aufs Polster fallen und schloss die Augen. Es war ihr als würde Jana bei ihr liegen.Sie versuchte dieses Gefühl so lange wie möglich festzuhalten. »Geh nicht weg, Jana«, sagte sie in Gedanken und als sie merkte, dass die Präsenz nachließ, ergänzte sie: »Komm bald wieder, bitte.«

7

Man führte mich aus dem Transporter hinaus in ein Gebäude, das ganz entsetzlich stank. Nach Angst - nach Hundeangst. Ein beißender Geruch nach Desinfektionsmitteln. Menschenschweiß – sowohl mit Duftnote ›Anstrengung‹ als auch mit ›Sorge‹ – lag ebenso in der Luft. Wo war ich hier nur wieder gelandet.

Frau Hurgud brachte mich in ein Zimmer, in dem ein Tisch aus Metall stand. Sie hob mich hinauf und kam gleich darauf mit einem merkwürdig schnurrenden Gerät zurück.

Man hielt mich fest und fuhr mit dem Gerät über meinen Bauch. Als ich an mir hinunterblickte sah ich, dass mein ganzes schönes Fell am Bauch weggeschoren war. Dann wurde auf ein anderes Gerät eine stinkende Paste aufgetragen und damit an meinem Bauch entlang gerieben. Es war furchtbar kalt und ich hatte Angst. Frau Hurgud redete zwar beschwichtigend auf mich ein und sagte, dass ich sehr tapfer sei, aber sie konnte mir meine Furcht nicht ganz nehmen. Wie sehr wünschte ich mir Jana herbei, aber sie war nicht bei mir. Sie hatte mir ja mitgeteilt, dass sie noch etwas Wichtiges zu erledigen habe.

Kaum hatte ich diese Prozedur überstanden, da wurde ich schon wieder hochgenommen und auf einen anderen Tisch in einem anderen Zimmer gelegt. Eine Frau in einem schweren Kittel und Handschuhen hielt mich ganz fest, so dass ich mich kein bisschen mehr rühren konnte. Nach einem Piepsen lies sie mich wieder lockerer. Ich zappelte und wäre am liebsten vom Tisch gesprungen und weggelaufen, aber so locker war ihr Griff leider doch nicht.

»Ganz ruhig, es passiert dir doch nichts. Das ist doch nur ein Röntgengerät«, sagte die Frau mit ganz sanfter ruhiger Stimme.

»Ich will hier weg, ich will zu Jana«, bellte ich, aber natürlich verstand die Frau mich nicht, weil sie ein Mensch war.

Als nächstes kam ich in einen winzigen Käfig. Es gab eine Decke am Boden, aber ich wollte mich nicht hinlegen. Selbst der Zwinger im Tierheim war größer gewesen. Dieser Käfig war nicht viel geräumiger als die Kiste im Auto des Tierheims.

»So du Lieber, jetzt ruhst du dich hier aus«, sagte die Frau.

»Ich will mich nicht ausruhen. Bitte lasst mich raus. Bitte.«, jaulte ich flehend, aber es war zwecklos. Menschen können und wollen unsere Sprache einfach nicht verstehen. Ich kauerte mich ganz in die Käfigecke ganz weit von der Käfigtür entfernt und es fielen mir dann doch die Augen zu.

»Wir haben grünes Licht vom Tierheim. Wir können operieren.« Ich wachte auf von der Stimme des Tierarztes Reineke. Er stand in dem Raum, in dem auch mein Käfig stand, und hatte eine weiße Kunststoffschürze um.

»Ich bereite den OP 2 vor«, antwortete ihm ein Mann, den ich zuvor noch nie gesehen hatte.

»Bitte auch die Vollnarkose vorbereiten. Sabrina bringt den Hund gleich«, erwiderte der Tierarzt und beide verließen den Raum. Als sie durch die Tür hinausgingen, kam ihnen gerade Frau Hurgud entgegen.

»So dann werde ich den kleinen Angsthasen mal abholen. Ich bin gleich bei euch.«

»OP 2!«

»Ja ich weiß, trotzdem danke.« Sie lächelte die beiden Männer an und wandte sich dann mir zu.

»Hallo du, ja, jetzt darfst du hier raus.« Sie öffnete die Tür, streichelte mir über den Kopf und zog mich dann sanft aber bestimmt an der Leine mit sich.

»Nein! wir dürfen noch nicht anfangen. Jana hat versprochen, dass sie zu mir kommt, wenn ich operiert werde. Und ohne Jana mach ich nicht mit «, knurrte ich trotzig.

»Geh nur mit. Ich bin doch schon da. Ich habe es dir doch versprochen.« Ich drehte mich verdutzt um, und da saß Jana hinter mir und sah mich liebevoll an. »Ich habe mich beeilt, damit ich auf jeden Fall rechtzeitig wieder bei dir bin und auf dich aufpassen kann. Puh und Menschen sind manchmal wirklich schwer von Begriff. Da musst du tricksen, sag ich dir«. Sie lachte und irgendwie wurde mir bei ihrem Lachen ganz leicht ums Herz, ja zuversichtlich wurde ich.

»Dann gehe ich jetzt mit.«

»Und keine Sorge. ich gebe auf dich acht. Du kannst ruhig einschlafen.«

»Einschlafen?« fragte ich verwirrt. Ich dachte ich sollte jetzt irgendwas tun, von schlafen war doch nicht die Rede gewesen. Wobei ich mir zu dem Zeitpunkt gut vorstellen könnte zu schlafen. Die letzte Zeit war viel gewesen und ich war tatsächlich entsetzlich müde.

Leider kann ich mich an das, was danach passierte, nur bruchstückhaft erinnern. Ich glaube wir sind in einen Raum gegangen und dort kam ich wieder auf einen Tisch. Dann wurde an meiner Pfote das Fell entfernt und ich wurde gepiekst. Dann wurde ich noch viel müder, so müde, wie ich noch nie zuvor in meinem Leben gewesen war.

Der Traum war wunderschön. Ich lief mit Jana zusammen über Wiesen und in einen Wald hinein. Wir spielten haschen und tollten vergnügt umher. Ich hatte kein bisschen Schmerzen und konnte wieder richtig springen und hüpfen. Über umgefallene Baumstämme hinüber und – hach – es ging mir einfach nur gut. Wenn man mich gelassen hätte, wäre ich, glaube ich, nie wieder von dem Ort weggegangen. Aber leider hatte der Traum auch ein Ende und das war gar nicht gut.

8

Au!«, war er erste und einzige Gedanke, den ich fassen konnte. Völlig konfus blinzelte ich dem Licht entgegen. Mein Bauch tat weh und in meinem Kopf war alles durcheinander geraten. So wie ein Fuchsbau durcheinander gerät, wenn man sich hinein buddelt, um den Fuchs zu fangen; als würden die Seitenwände zusammenklappen und die Erdkrümel sich in meinem Kopf verteilen.

Ich versuchte aufzustehen; aber schon beim Versuch, mich aufzusetzen, rutschten meine Vorderpfoten zur Seite.

»Oje, was ist denn mit mir los?«

Leise hörte ich Jana lachen. »Bleib erst mal ruhig liegen, Pipo. Ich weiß, wie es ist wenn man aus einer Narkose aufwacht.«

»Du hast zwei Nasen, Jana?«

Sie kicherte wieder. »Nein, aber du kannst gerade nicht gut fokussieren. Dann sieht man entweder verschwommen oder man sieht zwei Bilder nebeneinander.«

»Werde ich nie wieder richtig sehen können?«, fragte ich entsetzt.

»Das gibt sich ganz schnell wieder. Und du wirst merken nach einiger Zeit geht es dir viel besser.«

»Aber mein Bauch tut noch mehr weh als sonst.« Ich wollte meinen Kopf zu meinem Bauch drehen, um ihn abzuschlecken, da merkte ich, dass ich einen seltsamen Trichter um den Kopf hatte. Ich nahm meine wackeligen Vorderpfoten und versuchte den Trichter vom Kopf zu schieben, was mir aber nicht gelang.

»Ich weiß, der Trichter ist unangenehm. Das ist eine blöde Menschenerfindung. Ich weiß auch nicht, warum die das machen, aber es soll wohl zu einer besseren Heilung verhelfen. An deinem Bauch ist jetzt nämlich eine Wunde, die erst verheilen muss. Der Tierarzt hat das, was vorher in deinem Bauch so schmerzte, geheilt.«, erklärte Jana.

»Wie kann ein Trichter am Kopf eine Heilung am Bauch unterstützen?«, wunderte ich mich.

Jana schmunzelte :»Das habe ich bis heute nicht verstanden, was die Menschen damit bezwecken wollen. Ich werde aber bei Gelegenheit mal nachfragen.«

»Bei wem?«, wollte ich wissen, aber Jana hatte sich schon umgedreht, denn Frau Hurgud und Herr Reineke kamen hereinspaziert.

»So, wie geht's denn unserem Patienten?«

»Er ist wieder aufgewacht.«

Sie leuchtete mir mit einer Lampe ins Auge. Ich blinzelte erschrocken.

»Auch das funktioniert wieder. Dann können wir ihn morgen wieder ins Tierheim entlassen.« Dann fuhr sie zu mir gewandt fort: »Schön gesund schlafen und morgen früh geht's wieder zurück.« Sie machten das Licht aus und gingen wieder aus dem Raum.

»Da haben die beiden wohl recht. Schlaf dich erst mal gesund, lieber Pipo. Du musst bestimmt sehr erschöpft sein. Und morgen früh sehen wir weiter. Ich glaube wir sind auf einem guten Weg.« Jana stupste mich sanft mit der Schnauze an und legte sich dann neben mich. Immer noch etwas wirr im Kopf und wackelig legte ich meinen Kopf mit dem Trichter zur Seite und schlief schnell ein.

Am nächsten Morgen wachte ich schon etwas munterer auf. Ich konnte wieder richtig gucken und mein Kopf fühlte sich normal an. Der Trichter störte natürlich noch immer. Am Bauch, merkte ich jetzt, hatte ich einen Verband, unter dem es ein bisschen ziepte und juckte. Zu gerne hätte ich mit den Zähnen ein bisschen gekratzt, aber durch den dummen Trichter kam ich nicht mit der Schnauze an die juckende Stelle. Von Jana sah ich nur das Hinterteil das irgendwie in der Tür steckte. das Vorderteil war wohl auf der anderen Seite der Tür.

»Jana, geht es dir gut?« bellte ich erschrocken. Ich stellte es mir sehr unangenehm vor, von einer Tür zerteilt zu sein.

»Huch!« Jana eilte wieder aus der Tür zurück und stand nun vollständig im Raum. «Du bist ja schon wach, Pipo? Hast du gut geschlafen?«

Ich schaute verdutzt auf ihre Mitte, ob man da vielleicht eine Kerbe sah, da wo gerade die Tür gewesen war, aber es sah alles normal aus. Soweit man bei einem teil-durchsichtigen Hund von einem normalen Aussehen sprechen kann.

»Es geht so«, gab ich zurück.

»Das ist doch schon mal gut. Ganz bald bist du wieder gesund, ganz sicher.« Sie nickte mir aufmunternd zu. »Ich habe schon mal gespickt; Phillip Hemmel und Melanie Heimatland aus dem Tierheim kommen dich abholen.« Auch ich hörte von draußen ihre Stimmen. Sie unterhielten sich mit den Tierärzten, aber was genau gesprochen wurde, konnte ich nicht verstehen.

9

Im Tierheim angekommen, schob man mich wieder in den Zwinger.

Ich blieb dort einige Zeit, und die Wunde am Bauch verheilte ordentlich. Nach ein paar Tagen wurde der Trichter abgenommen und auch der Verband kam endlich weg. Natürlich schleckte ich mich zuerst ausgiebig, mit der wiedergewonnenen Bewegungsfreiheit. Ich schaute mir auch an, wie die Wunde aussah. Quer über meinen Bauch zog sich eine Narbe, aber das Fell begann immerhin schon wieder nachzuwachsen.

Anschließend wurden die Tage etwas angenehmer, da ich ab und an mit den anderen Hunden draußen spielen durfte. Aber weil ich schon etwas älter bin konnte ich nicht so gut mit den anderen Hunden mithalten.

Zunächst bekam ich normales Hundefutter, das ich aber immer schlechter vertrug. Mir passierte es manchmal, dass ich mich übergeben musste, weil der Magen krampfte. Deshalb ließ ich immer häufiger das Fressen stehen, auch wenn ich eigentlich noch hungrig war.

»Er frisst nicht gut.«, hörte ich eines Abends Phillip mit Melanie reden. »Er wird zusehends dünner.«

»Ich versteh das nicht, die Operation ist doch gut verlaufen und alles auch verheilt. Warum geht es ihm denn wieder schlechter?«

»Ich habe keine Ahnung.«

Sie kamen beide zu mir in den Zwinger und Melanie setzte sich in die Hocke neben mich auf die Decke und streichelte mir über den Kopf.

»Na, mein Braver. Was machst du denn für Sachen? Du musst doch wieder gesund werden.«

Ich hob nur müde den Kopf an. Ich hatte irgendwie all meinen Elan verloren. Und ich dachte auch daran, dass ich schon alt war und vielleicht gar nicht mehr so lange zu leben hatte.

»Was sollen wir denn machen Phillip?«

»Wir könnten es auf einer Pflegestelle versuchen. Vielleicht können die ihn dort besser hochpäppeln, das hat schon oft funktioniert.«

»Klar ich telefonier gleich morgen früh die Pflegestellen durch, ob noch ein Plätzchen für ihn zu finden ist.«

Dann gingen die beiden wieder aus dem Zwinger hinaus.

» Prima, dann geht es jetzt einen nächsten Schritt weiter, Pipo.«. Jana kam aus der Wand hervor. »Ich hätte nicht gedacht, dass es so schwierig sein würde, die Menschen in die richtige Richtung zu lenken. Aber ich lerne dazu. Weißt du, das ist mein erster Auftrag, meine erste Aufgabe. Aber keine Sorge ich gebe mir so viel Mühe. Das gleicht bestimmt aus, dass ich noch nicht soviel Erfahrung habe, wie andere.«

»Es gibt noch andere wie dich?«

»Oh ja, sehr viele.«

»Und was macht ihr oder was seid ihr genau?« Ich war nun doch sehr neugierig.

»Ich werde dir alles eines Tages erzählen. Versprochen! Aber für den Moment kann ich das noch nicht.«

Zwei Tage später durfte ich dann umziehen. Phillip ließ mich wieder in den Käfig im Auto steigen und fuhr mit mir eine lange Strecke. Es gab einige Kurven, denn manches Mal wurde ich von der einen Käfigseite zur anderen gedrückt.

Ich purzelte mehrfach gegen Jana, die sich zu mir in den Käfig gesetzt hatte. Aber sie lachte mich nur an, wenn ich sie anrempelte.

»Es tut mir leid«, sagte ich, »Ich wollte nicht gegen dich fallen. Ich hoffe ich habe dir nicht weh getan.«

»Überhaupt nicht Pipo. Mir tut nie etwas weh.«

Mich hätte schon interessiert, warum sie nie Schmerzen hatte, aber ich war in dem Moment zu beschäftigt, mich an der Decke am Käfigboden festzukrallen, und ehrlich gesagt habe ich es später vergessen, sie nochmal zu fragen.

Phillip hielt den Wagen und öffnete mir die Hecktür und die Käfigtür auch.

»Schau mal, das ist dein neues Pflegefrauchen.«

Ich hüpfte aus dem Wagen und entdeckte eine ältere Frau mit grauem Haar, die mir entgegen kam.

»Frau Kornmeister, dies ist der Hund, über den wir telefonisch gesprochen haben.«

»Vielen Dank Herr Hemmel.«

»Leine hab ich hier im Auto, die könnte ich ihnen dalassen.«

»Dankeschön, aber ich habe welche hier. Ich habe doch noch zwei weitere Hunde hier auf Pflege.«

»Super. Ich hoffe, dass sie den alten Herrn hier wieder hinbekommen und er noch einen schönen Lebensabend verleben kann. Im Tierheim war das so nicht möglich.«

»Hatten Sie bisher keine Chancen auf Vermittlung?«

»Sie kennen doch die Situation. Viele wollen einen Welpen oder zumindest einen jungen Hund. Aber ein Senior wie er hier hat es schwerer. Außerdem sind schwarze Hunde nicht so leicht zu vermitteln als welche mit hellem Fell. Ich verstehe zwar nicht warum, aber es ist leider so.«

»Und die Gesundheitssituation, mit gerade überstandener OP ist auch nicht ganz einfach, denke ich mir.«

»Da haben sie recht.«

»Muss ich noch was beachten; bezüglich Futter oder Medikamenten?«

»Er bekommt hier noch diese Medikamente.« Phillip händigte eine kleine Tüte aus.« Und wir geben ihm schon eine Weile Schonfutter. Er hat einen sensiblen Magen und verträgt viele Sachen nicht. Die Tierärzte meinen, dass die Medikamente irgendwann wieder abgesetzt werden können und das hoffe ich auch, aber im Moment sieht es nicht so aus.«

»OK, danke. Das werde ich beherzigen.«

Dann verabschiedeten sie sich und Frau Kornmeister nahm mich mit ins Haus.

10

Ich lebte mich zum Glück schnell ein. Bei Frau Kornmeister und ihrem Mann lebten noch zwei weitere Hunde auf Pflege. Ein großer junger Rüde Rocky und eine kleinere Hündin namens Daisy. Auch sie war noch jung im Vergleich zu mir. Beide wollten mit mir spielen, aber ich wollte nicht so herumtoben. Beide akzeptierten das und gaben beim Spielen auf mich Acht, damit ich auch mitmachen konnte, und ließen mir auch meine Ruhe, wenn ich schon erschöpft war.

Es ging uns allen dreien sehr gut bei den Kornmeisters. Sie waren nett und liebevoll und versuchten es uns so schön wie möglich zu machen. Wir gingen häufig spazieren und wir wurden herzlich umsorgt. Ich war eigentlich schon sehr zufrieden, und wäre auch gerne geblieben. Aber Jana hatte noch mehr mit mir vor.

Eines Abends als Rocky und Daisy schon schliefen, stupste sie mich sachte an.

»Pipo; ich habe einen Plan, wie es weitergeht.«

»Aber Jana, es ist doch alles gut hier.«

»Ja natürlich Pipo. Aber schau, das ist eine Pflegefamilie und man hofft, dass Hunde von hier aus adoptiert werden können. Und dann bekommen andere Hunde wieder die Möglichkeit in die Pflegefamilie zu kommen. Außerdem habe ich für dich doch ein anderes Zuhause geplant.«

Ich wollte aber nicht weg. Es war für mich so viel schöner als alles zuvor und ich konnte mir damals nicht vorstellen, dass es noch viel schöner werden könnte. Trotzdem vertraute ich Jana, und als sie mir am nächsten Tag vorschlug mit ihr zusammen wegzulaufen, tat ich das auch.

»Komm noch ein kleines Stück, Pipo, du hast es bald geschafft.«

»Jana ich kann nicht mehr, meine Pfoten tun weh und ich habe ganz schlimm Durst.«

»Siehst du das Maisfeld da vorne?«

»Ja.«

»Da müssen wir noch durch und dann hast du es schon für heute geschafft.«

»Puh!« stöhnte ich, denn das Maisfeld war noch ein Stückchen entfernt und es sah auch ziemlich groß aus. Aber ich lockte noch meine letzten Reserven hervor und krabbelte Jana hinterher ins Maisfeld.

Wir waren fast durch das Maisfeld hindurch als auf der anderen Seite ein großer weißer Rüde heran sprang. Er hatte mich gewittert und kam nun näher um mich zu beschnüffeln. Ich knurrte vorsichtshalber ein bisschen. Da drehte er verblüfft seinen Kopf.

»Jana?«, piepste er verdattert. Vor Erstaunen konnte er nicht seine richtige Tonlage treffen.

»Nero, mein Freund.« Jana sprang herbei und rieb ihren Kopf an seinem. Schön dich wiederzusehen.«

»Aber wie..., aber ich dachte.... Bist du jetzt...»

Jana warf ihm einen warnenden Blick zu und deutete dann mit den Augen auf mich.

»Ich darf dir auch nicht viel erzählen. Nero. Aber ich bin zurückgekommen um eine Aufgabe zu erfüllen. Und schau hier das ist Pipo.«

Der weiße Hund sah mich freundlich an. »Ist er ein Freund von dir?«, fragte er Jana.

»Ja so kann man das sagen. Ein wirklich guter Freund.«

»Janas Freunde sind auch meine Freunde. Pipo, ich bin Nero.«

Jetzt hatte ich auch meine Scheu verloren und bereits bei dem Gespräch der beiden mit Knurren aufgehört. Vorsichtig beschnüffelten Nero und ich uns gegenseitig.

»Ich brauche deine Hilfe Nero«, sagte nun Jana ernst.

»Ich kann es gerne versuchen.« Nero schmunzelte.

»Also, es geht darum, dass Pipo mit dir aus dem Maisfeld herauskommt. Ist Bruno mit dir hier?«

»Ja Bruno und ich sind spazieren. Sein Wagen steht dort vorne.«

»Prima. Ich gehe davon aus, dass Bruno schauen wird, ob jemand zu Pipo gehört und wenn dann niemand kommt, dann soll er ihn mit zu sich nehmen. Dann wird schon alles den richtigen Gang gehen. Ganz bestimmt.«

»Okaaay?«, antwortete Nero, nicht ganz überzeugt.

»Ich komme mit und passe auf, dass alles nach Plan läuft, versprochen. Aber Bruno kann mich nicht sehen, er ist doch ein Mensch, aber auf dich reagiert er.«

»Sicher, er ist ja auch mein Mensch.« Nero schaute fast ein bisschen verliebt, als er an seinen Bruno dachte.

So liefen wir also aus dem Maisfeld hinaus. Nero zuerst, dann ich und Jana lief am Schluss hinterdrein. Auf dem Weg stand ein Mann, der gerade ein vergnügtes Liedchen pfiff.

»Nero, kommst du wieder? Was hast du denn so lange im Maisfeld gesucht? Hast du vielleicht ein Mauseloch gefunden?«

Nero lief freudig auf ihn zu und wedelte mit dem Schwanz, als der Mann in die Hocke ging um ihn zu streicheln.

»Nanu?«, sagte der Mann dann als ich aus dem Maisfeld trat. »Wen hast du denn da mitgebracht, Nero?«

»Pipo, siehst du, das ist mein Bruno.«, sagte Nero, der es gerade genoss, hinter den Ohren gekrault zu werden.

Bruno erhob sich wieder und schaute sich verwundert um.

»Wo kommt dein neuer Freund denn her, Nero?«, und fuhr dann an mich gewandt fort: »Bist du ganz alleine?«

Er kam auf mich zu und sah dass ich ein Halsband trug.

»Bist du etwa ausgebüxt?«, lachte er und wuschelte mir über den Kopf. Ich war zuerst ein bisschen ängstlich, aber Nero beruhigte mich.

»Bruno ist der allerliebste Mensch, den es gibt. Also zusammen mit Kerstin, die ist nämlich auch der allerliebste Mensch.«

Bruno begann dann laut zu rufen.

»Hallo!« Er lauschte ob jemand antwortete.

»Suchen Sie ihren Hund?«

»Er ist hier!«

Aber es gab niemand Antwort. Wir warteten noch ein bisschen an Ort und Stelle, dann gingen wir drei wenige Meter zum Auto von Nero und Bruno. Bruno öffnete den Kofferraum und setzte sich auf die Kante.

»Dann warten wir hier noch Weilchen. Da kann ich mich wenigstens hinsetzen.« Er angelte eine Tüte aus dem Kofferraum und gab Nero etwas, dass er freudig hinunterschlang.

»Magst du vielleicht auch?«, fragte Bruno dann mich und ich schnüffelte was mir die Hand hinhielt. Es roch verlockend lecker und weil ich Nero ansehen konnte, dass er dieses Zeug liebte, nahm ich auch einen Happen. Nero und ich liefen noch ein bisschen auf und ab und schnüffelten am Wegrand, aber wir blieben immer in der Nähe von Bruno und dem Wagen.

Nach einiger Zeit wurde es Bruno zu bunt.

»Auf ihr beiden. Wir fahren jetzt. Ich glaube nicht dass hier noch jemand kommt.«

Er stand auf und schon machte Nero einen großen Satz und saß auf der Ladefläche auf einer bequemen Decke.

»Komm du auch mit.«, sagte Bruno und beugte sich zu mir hob mich auf und setzte mich neben Nero. Und obwohl kaum noch Platz im Kofferraum war, gesellte sich Jana auch zu uns. Sie saß halb in der Rückenlehne der Rückbank. Ich war mittlerweile an den Anblick einer halben Jana gewöhnt, aber Nero schnappte erschreckt nach Luft als er sie sah.

»Da gewöhnt man sich dran.«, beruhigte ich Nero und lächelte Jana dabei an. Sie schmunzelte zurück.

11

Schau da bin ich zuhause.« Nero deutete mit der Schnauze durch die Autoscheibe auf ein Haus, vor dem gerade das Fahrzeug hielt. »Es ist das allerbeste Zuhause überhaupt« Wir hüpften hinaus als Bruno die Kofferraumtür öffnete. Denn zum Herausspringen reichte meine Kraft noch. Nach ein paar Stufen schloss Bruno die Haustür auf und ließ uns hinein.

»Kerstin, Kerstin«, rief Bruno, kaum dass er im Haus war, »Schau mal, wen wir hier mitgebracht haben«

Durch den Flur kam eine Frau gelaufen und blieb dann abrupt stehen, als sie mich sah.

»Ach herrje, du hast einen Hund mitgebracht? Und was für ein armes Kerlchen.«

»Er ist Nero aus dem Maisfeld gefolgt. «

»War niemand...«

»Nein niemand war bei ihm. Wir haben extra lange gewartet und ich habe laut gerufen, stimmt's Nero?«

Nero nickte zustimmend.

»Dann dachte ich, ich nehme ihn mal mit. Dann können wir hier die Polizei verständigen. Wahrscheinlich sucht ihn seine Familie schon verzweifelt.«

»Stimmt, das war das beste. Ruf du dort an und ich kümmere mich mal um den Kleinen.«

Bruno stieg die Treppen ins Obergeschoss hoch und Nero folgte Kerstin und ich lief hinterher.

»Als erstes kriegst du was zu trinken.«

Sie holte eine Schüssel aus der Schublade, füllte sie mit Wasser und stellte sie vor mich hin. Nero war unterdessen zur Zimmerecke getrottet wo sich seine Wasserschüssel befand und trank auch gierig. Da merkte ich wie durstig ich war; Es war doch ein sehr langer und anstrengender Weg gewesen. Deshalb trank ich die ganze Schüssel Wasser auf einmal leer.

»Du hast aber Durst!«, stellte Kerstin fest und füllte Wasser in die Schüssel nach. Auch diese schlabberte ich fast leer. Da wurde mir ganz flau im Magen, wahrscheinlich weil ich so viel auf nüchternen Magen getrunken hatte und in einem Schwall kam etwa die Hälfte wieder raus und landete auf dem Küchenboden. Nero sah mich komisch an und Kerstin schien nicht besonders glücklich zu sein über die Bescherung. Wortlos holte sie einen Putzlumpen und wischte alles säuberlich auf.

»Kerstin?«, Bruno kam gerade die Treppe herunter

»Ja«

»Ich habe bei der Polizei angerufen, aber bisher sucht noch niemand einen Hund«

»Das ist ja merkwürdig. Es ist doch schon acht Uhr abends«

»Ich habe meine Nummer hinterlegen lassen. Und eine Beschreibung des Hundes durchgegeben. Vielleicht meldet sich noch jemand.«

»Hm, warten wir ab. Dem armen Hund ist gerade schlecht geworden; er hat wahrscheinlich zu viel und zu hastig getrunken. Aber es sieht so aus als ginge es ihm schon wieder besser.«

»Hoffentlich. Meinst du wir sollen ihm was geben? Vielleicht etwas Magenschonendes.«

»Bäh! Magenschonendes«, murrte Nero hinter mir. »Du wirst sehen, das schmeckt scheußlich.«

Ich bekam wieder so ähnliches weißes Zeug, das ich auch bei Herrn und Frau Kornmeister bekommen hatte. Ich fand es eigentlich gar nicht so schlecht, wie Nero behauptet hatte.

Da klingelte das Telefon. Schnell lief Kerstin zum Apparat und nahm ab. Ich konnte das Gespräch nicht verstehen, aber nachdem sie aufgelegt hatte, kam sie zurück und berichtete Bruno.

»Das war der Tierschutzverein. Der Hund lebt wohl seit kurzem auf einer Pflegestelle nicht weit von hier. Sie suchen ein Zuhause für ihn, aber er hat wohl kaum Chancen bei dem Alter, sagen sie. Sie würden ihn morgen früh abholen kommen.«

Sie setzte sich zu mir auf den Boden und streichelte mir über den Kopf. »Armer Kleiner.« sagte sie. Dann fuhr sie an Bruno gerichtet fort.

»Als ich gesagt habe, dass wir ihn beim Hundespaziergang mit unserem Nero gefunden haben, wollten sie gleich wissen, ob wir den Kleinen hier nicht aufnehmen wollen.«

»Du weißt doch, das geht nicht. Wir haben Nero und einem zweiten Hund können wir nicht gerecht werden.«

»Ich weiß, aber ich will ihn auch nicht wieder zurückschicken. Er tut mir doch so leid.«

Bruno griff nach Kerstins Hand und zog sie hoch. »Komm wir setzen uns erst mal hin.«

Nero und ich folgten ins Wohnzimmer, wo auch Neros Hundebett stand. Ich wusste zu diesem Zeitpunkt noch nicht was ein Hundebett ist. Nero ging darauf zu und legte sich hin. Erschreckt schaute ich zu Bruno und Kerstin in der Erwartung, dass sie bestimmt gleich schimpfen würden . Aber nein, die beiden setzten sich auf die Couch und Bruno legte den Arm um Kerstins Schulter.

»Na los, du willst dich doch auch dort hinlegen.« Jana schob mich mit der Schnauze in die Richtung und Nero rückte schon ein bisschen zur Seite, damit ich auch Platz nehmen konnte. Ich war hin und weg. So bequem hatte ich noch nie gelegen. Selbst die Decken im Tierheim und bei Familie Kornmeister waren nicht so flauschig und warm gewesen. Ich war noch immer etwas durchgefroren von der langen Wanderung, drum kuschelte ich mich an Nero und genoss seine Körperwärme. Da fielen mir die Augen zu.

»Ich weiß, wir rufen jetzt einfach mal Antje an.« Bruno klopfte sich mit der freien Hand auf den Oberschenkel.

»Na endlich.«, seufzte Jana. »Menschen brauchen doch immer so lange.«, sie schüttelte den Kopf und verdrehte die Augen.

»Ist das die Antje, die du gemeint hast?«, fragte ich Jana ganz aufgeregt.

»Ja genau!«

»Ich kenne Antje auch.«, ergänzte Nero.

Da war ich dann auch wirklich gespannt. Immerhin war Nero ein richtiger Hund so wie ich auch. Was genau Jana war, das war mir immer noch ein Rätsel.

»Wie ist sie denn?«

»Oh sie ist eine ganz Liebe. Als Bruno und Kerstin das eine Mal ohne mich in Urlaub gefahren sind, da habe ich solange bei Jana und Antje Urlaub gemacht. Antje ist beinahe so lieb wie Kerstin und Bruno«

Da hob Jana ihre Augenbrauen und schalt Nero spielerisch. »Was höre ich da, Nero?«

»Na gut, sie ist genauso lieb wie Kerstin und Bruno.«, lachte Nero

»So stimmt es schon eher.« Auch Jana lachte. »Und ich muss mich jetzt auch auf den Weg machen. Ich habe noch Wichtiges zu erledigen. Ihr wisst ja die Umwege; und manchmal muss man den Menschen ein bisschen unter die Arme greifen, damit auch alles nach Plan läuft. Aber ich bin gleich wieder da.«

Sie nickte mir noch aufmunternd zu und verschwand dann, indem sie durch das geschlossene Balkonfenster hinaus hüpfte. Nero schauderte wieder ein bisschen bei dem Anblick.

Da hörten wir Kerstin mit dem Telefon sprechen. Sie hielt den Apparat in der Hand und ging dabei auf und ab. Deswegen konnten wir nur das hören, was sie sagte, wenn sie im Wohnzimmer stand, dort wo Nero und ich auf dem Hundebett lagen.

»Sorry, dass ich so spät anrufe... Nein es ist nichts mit Bruno und auch nichts mit Nero. Uns geht es gut...Also folgendes: wir haben einen Hund gefunden... Ja genau, er ist Nero nachgelaufen als er mit Bruno zusammen Gassi war.... Nein kein Mensch in der Nähe. Ganz alleine war der Kleine.«

Kerstin hatte sich wieder umgedreht und ging mit dem Telefon wieder in die Küche.

»Du hast Jana also kennengelernt, als sie noch ein normaler Hund war?«, fragte ich Nero.

Er nickte: »Sie war schon ein alter Hund, als ich noch ein ganz kleiner Welpe war. Und wir sind häufig miteinander spazieren gegangen. Ich und Bruno oder Kerstin und Jana mit Antje.«

»Was ist mit ihr passiert? Ich meine, warum ist sie jetzt so anders?«

»Das weiß ich auch nicht genau. Ich weiß nur, dass sie eines Tages, da war sie schon ganz alt auf einmal nicht mehr da war. ›Sie ist über die Regenbogenbrücke gegangen‹, so haben es Kerstin und Bruno gesagt.« Bevor ich noch mehr erfahren konnte, kam Kerstin wieder mit dem Hörer am Ohr in das Wohnzimmer.

»Du kannst doch mal schauen kommen.... Ja ich weiß, nach Jana wolltest du nie wieder.... Wir würden ihn ja gerne selbst adoptieren.. Ja... Ja... Genau... Schon etwas älter.... ja einen schönen Lebensabend, das hat er verdient... Ja prima... Jetzt gleich?... Ja wir warten. Fahr vorsichtig. Tschüss.« Kerstin legte auf.

»Antje kommt mal vorbei.« Sie sah Bruno dabei an und schmunzelte über das ganze Gesicht. Auch Brunos Mundwinkel verzogen sich zu einem breiten Lächeln. »Das freut mich jetzt richtig.« Kerstin ließ sich neben Bruno auf das Sofa fallen, legte den Arm um ihn und gab ihm einen Kuss. »Dann geht das Abenteuer wahrscheinlich gut aus.«

Eine ganze Weile später - ich muss wohl zwischendrin eingenickt sein - klingelte es an der Tür. Nero sprang auf und lief zur Haustür. Bruno und ich folgten. Als Bruno die Tür öffnete, sah ich ein kleines Mädchen, das eigentlich gar nicht mehr so klein war. Sie war ziemlich dick und hatte eine starke Brille auf der Nase. Die Haare waren zerzaust. Und trotzdem wusste ich sofort, dass ich sie lieb hatte.

»Sorry. Ich war schon im Schlafanzug als ihr angerufen habt. Ich hab mir nur schnell was übergezogen.« Sie deutete auf ihre unterschiedlichen Socken und die wuschelige Frisur. Dann sah sie mich. Ich guckte vorsichtig mit dem Kopf an Nero vorbei.

»Hallo Nero«, sagte sie und setzte sich in die Hocke, um ihn zu streicheln.« Und das ist also der Freund, den du mitgebracht hast.« Sie sah mich liebevoll an und hielt mir ihre Hand hin zum schnüffeln. Ich kam ein Stückchen näher und bemerkte, dass Jana hinter Antje durch die Haustür gekommen war. Sie nickte mir aufmunternd zu. »Geh nur zu ihr hin«, ermutigte sie mich.

Wir gingen alle gemeinsam wieder ins Wohnzimmer. Antje setzte sich auf den Teppich neben das Hundebett und kraulte mir versonnen die Ohren. Das war mir zwar vorher noch nie passiert, aber da hatte ich das Bedürfnis Wohlfühlgeräusche zu machen - ähnlich wie Katzen schnurren.

Dann schlief ich ein, mit meinem Kopf auf ihrem Schoß. Ich wachte wieder auf, als sie mir ins Ohr flüsterte: »Aufwachen mein Kleiner. Wir fahren nach Hause.«

Wir gingen zu ihrem Wagen. Im Kofferraum lag ein großes flauschiges Kissen. Dort setzte sie mich drauf und Jana hopste zu mir dazu.

Antje verabschiedete sich noch von Bruno, Kerstin und Nero. Bruno und Kerstin streichelten mir über den Kopf und Nero wünschte mir ein gutes Ankommen im neuen Zuhause. Schon als er das Wort ›Zuhause‹ aussprach, wurde mir ganz warm ums Herz.

Es war schon dunkel, als wir wieder anhielten. Ich durfte aus dem Auto springen und wir gingen gemeinsam eine Auffahrt am Haus entlang. »Gehen wir hinten über den Garten rein.«, schlug Antje vor. Da sah ich den Garten. Ich konnte nicht so weit sehen, da es schon dunkel war und meine Augen altersbedingt nicht mehr die besten waren, aber ich konnte eine Wiese erkennen und Büsche und Bäume. Es roch angenehm nach Erde und blühenden Blumen.

»Das ist jetzt dein Zuhause Pipo«, raunte mir Jana ins Ohr.

Über die Terrassentür kamen wir ins Haus. Antje hatte das Kissen aus dem Auto mit hineingebracht und legte es nun vor mich hin. »Nun kannst du dich ausruhen.« Sie setzte sich neben mich und als ich mein Vorderpfötchen hob, kraulte sie mich sanft am Bauch.

»Jetzt brauchst du nur noch einen Namen. Wenn du mir doch nur sagen könntest, wie du heißt.«

»Er heißt Pipo.«, hauchte Jana.

»Pipo?«, Antje schloss kurz versonnen die Augen. Dann sah sie mich an: »Pipo, willst du so heißen?« Ich wedelte freudig mit dem Schwanz. Sie lächelte und zog mich dann eng an sich. »Mein lieber Pipo.« Ich kuschelte mich ganz fest an sie und antwortete: »Meine Antje!«

12

Nun begann für mich der Himmel auf Erden. Noch nie zuvor war es mir so gut ergangen. Und ihr werdet es nicht glauben auch mein empfindlicher Magen verbesserte sich. Zuerst aß ich zwar hauptsächlich das weiße Zeug, aber wir probierten immer wieder aus, ob auch etwas anderes ging und so lernte ich die größten kulinarischen Höchstgenüsse kennen. Ich bekam in jedem Raum ein Hundebett, auf dem ich bequem und warm liegen konnte, nur nicht im Wohnzimmer, denn da saßen wir immer zusammen auf der Couch. Wir machten auch ausgedehnte Spaziergänge und suchten uns immer wieder andere Wege aus, damit das Schnüffeln auch spannend blieb.

Immer wenn das Wetter mitmachte, spielten wir im Garten fangen oder mit Bällen. Zu Anfang war ich noch schwach und Antje konnte mich prima einholen, aber je länger ich bei ihr war, desto mehr war ich ihr körperlich überlegen. Dann blieb ich häufig stehen, um sie ein bisschen Atem holen zu lassen, wenn wir fangen spielten. Jeden Morgen, wenn ich aufwachte, war ich ganz außer mir vor Freude und Glück, sobald mir bewusst wurde, wo ich war.

Die ersten Tage blieb Jana noch bei uns. Das heißt sie schaute immer wieder bei mir vorbei und guckte wie es mir ging, aber eines Morgens kam sie zu mir und hatte einen wehmütigen Gesichtsausdruck.

Antje hatte die Terrassentür für mich aufgelassen und so ging ich mit Jana zusammen in den Garten. Wir setzten uns unter den Kirschbaum. »Pipo, meine Aufgabe hier ist nun eigentlich erledigt. Deshalb werde euch beide nun verlassen. Ich habe noch weitere Aufgaben. Und ich glaube ganz fest, dass du und Antje jetzt gut ohne mich zurechtkommt.« Sie zwinkerte mir zu.

Zuerst schaute ich ganz traurig, aber als Jana mir zuzwinkerte glaubte ich ihr. Ja Antje und ich würden prima zurechtkommen. Da war ich mir sicher.

»Du passt auch schön auf Antje auf, ja?«

»Ganz bestimmt.«

»Weist du, als Kerstin Antje angerufen hat war ich hier bei ihr. Sie hat mich zuerst nicht bemerkt, aber als ich meinen Kopf gegen sie gelehnt habe, hat sie ein bisschen meine Anwesenheit gespürt. Nicht so wie du meine Anwesenheit spürst, viel schwächer, mehr so, als schleichen sich Gedanken in deinen Kopf.«

» Kommst du wieder?«

»Ja, ich werde werde wiederkommen.«

»Wann?«

Sie schmunzelte mich verschmitzt an. »Ganz bestimmt rechtzeitig!«

Wir saßen noch eine kleine Weile zusammen. Ihre Vorderpfote auf meiner und die Köpfe aneinander gelehnt. Bis sie immer durchsichtiger wurde und schließlich wie eine Windböe ganz verschwand. »Jana! Jana?«, rief ich, aber da war sie schon nicht mehr da.

Betrübt trottete ich zurück ins Haus. Antje tippte gerade mit den Fingern auf eine Maschine ein.

»Was hast du denn mein kleiner Pipo?«, fragte sie als sie mich und meinen Gesichtsausdruck bemerkte. Ich hüpfte mit den Vorderpfoten an ihren Knien hoch, sie stand auf und holte ein paar Leckerli und setzte sich auf das Sofa. Sofort saß ich an ihrer Seite, beziehungsweise halb auf ihr drauf. Ihre eine Hand streichelte meinen Kopf und Rücken und die andere Hand steckte mir immer wieder ein Leckerchen zu.

»Was hast du denn?«, fragte sie erneut und schaute mich so liebevoll an, dass es mir ganz warm ums Herz wurde. Ich drückte meinen Kopf gegen ihren Bauch und ließ mich kraulen, dabei sprach sie ganz behutsam auf mich ein. Als ich dann so lag und die Zuwendung genoss, dachte ich zwar noch wehmütig an Jana, aber es tat schon nicht mehr weh. Und Jana hatte Recht. Antje und ich, wir beide passten gut aufeinander auf. »Danke Jana, für alles was du für mich getan hast.«, flüsterte ich leise. Sie war zwar nicht mehr anwesend, aber trotzdem hatte ich das Gefühl, als könnte sie mich hören.

Ich war bestimmt schon eine Woche bei Antje und fühlte mich bereits zuhause angekommen.

»Heute bekommen wir Besuch, Pipo«, warnte mich Antje vor. »Ich werde überprüft, ob ich hier auch ein gutes Zuhause für dich biete.« Sie lächelte mich an. »Wenn ich dich so ansehe, glaube ich, es gefällt dir ganz gut, oder?«

Ich wedelte zustimmend mit dem Schwanz. Ja ich war glücklich hier bei Antje, da brauchte sie keine Angst haben, dass das irgendjemand anzweifeln könnte.

Am Nachmittag klingelte es an der Tür. Antje öffnete und Frau Kornmeister kam mit einer anderen Frau herein.

»Guten Tag, das ist Frau Kornmeister«, die andere Frau deutete auf Frau Kornmeister, «und ich bin Lisa Orth-Habermann, ich leite den hiesigen Tierschutzverein.«

»Kommen Sie doch rein, und danke, dass sie sich heute Zeit nehmen konnten.« Antje wies beiden den Weg ins Wohnzimmer. Sie hatte Teegeschirr auf den Tisch gestellt und bot den Frauen eine Tasse an, die sie gerne annahmen.

Als sie sich alle setzten, hüpfte ich schnell neben Antje auf das Sofa und legte meinen Kopf auf ihren Schoß. Sollten die beiden ruhig sehen, wie sehr ich meine Antje schon liebgewonnen hatte.

»Da ist ja der kleine Ausreißer.« sagte Frau Kornmeister und schmunzelte.

»Er heißt jetzt Pipo«, stellte Antje meinen Namen vor.

»Wie nett und auch wie passend.«

Die drei Menschen unterhielten sich noch ein bisschen bis der Tee getrunken war, dann wollten die beiden Frauen noch meinen Schlafplatz sehen, und Antje und ich führten sie durchs Haus. Wir zeigten ihnen auch den Garten und meinen Lieblingsplatz unter dem Kirschbaum.

»Es ist doch so ein Zufall, dass sie den Hund, für den sie die Operationspatenschaft übernommen hatten, nun adoptiert haben.« sagte Frau Orth-Habermann unvermittelt als wir über den Rasen zurück zum Haus gingen.

»Wie bitte?« Antje blieb verdattert stehen.

»Ach das wussten sie gar nicht? Dann ist es wirklich ein Riesenzufall.«

Ich glaube, so ganz nahm es Frau Orth-Habermann Antje nicht ab, dass sie nichts gewusst hatte, aber das machte weder Antje noch mir etwas aus.

»Es ist sehr schön, dass auch so ein alter Hund noch ein Zuhause bekommt. Wissen Sie, wenn ein Hund alt und krank ist, dann haben wir es mit der Vermittlung oft schwer.«

»Das tut mir leid, dabei haben es doch alle Hunde verdient, ein schönes Plätzchen und eine Familie zu haben.«

»Ja leider ist das nicht immer so. Der Tierarzt, der die Operation durchgeführt hat, schätzt Pipo auf 12 bis 13 Jahre. Das ist schon ein hohes Alter für einen Hund seiner Größe. Genau wissen wir es natürlich nicht, er ist ein Fundtier und wir konnten keinen früheren Halter ermitteln.«

»Oh aber dafür ist er noch recht fit.«

»Das täuscht ein bisschen. Der Tierarzt gibt ihm vielleicht noch ein, zwei Jahre aufgrund der Vorerkrankungen und der schlechten Haltung zuvor. Ich wollte nur, dass Sie das wissen und sich darauf einstellen können.«

»Da kann man sich nie drauf einstellen«, murmelte Antje und senkte den Kopf, hob ihn dann wieder und ergänzte fest: »Wir werden eben die Zeit, die uns beiden zusammen bleibt, in vollen Zügen genießen, gell Pipo?«

Als sich die Frauen verabschiedeten, meinte Frau Kornmeister: »Wir sind sehr zufrieden. Pipo hat es wirklich schön hier bei Ihnen.«

»Danke.« Antje wurde ein bisschen rot im Gesicht

»Wahrscheinlich möchte Pipo mit uns mitgehen, das ist immer so bei neu adoptierten Hunden, aber machen Sie sich keine Gedanken. Das ist ein ganz normales Verhalten und sagt nichts darüber aus, dass er sich nicht wohlfühlt bei Ihnen.«

Pustekuchen, das machte ich natürlich nicht. Als Frau Kornmeister und Frau Orth-Habermann aus der Tür traten und Richtung Gartentor gingen, setzte ich mich demonstrativ neben Antje und lehnte meinen Kopf gegen ihren Oberschenkel. Die Frauen drehten sich um, lächelten über das ganze Gesicht, als sie uns so sahen und winkten noch zum Abschied.

Aus den prophezeiten ein bis zwei Jahren wurden drei, vier, fünf... Wenn Antje mich zum Tierarzt brachte - leider einer der gemeinsamen Ausflüge, die ich absolut nicht mochte - sagten die Tierarzthelferinnen oft ›kleiner Methusalem‹ zu mir und Antje erklärte mir, dass sie das wegen meines hohen Alters sagten.

Aber mir machte das Alter nichts aus und Antje auch nicht. Wir gingen sogar zusammen mehrmals in Urlaub. Das erste Mal fühlte ich mich am Anfang nicht wohl, weil ich nicht verstand, warum wir das schöne Zuhause verlassen hatten, und ich hatte ein bisschen Angst, verlassen zu werden. Aber Antje kümmerte sich liebevoll, und so konnte ich es dann auch genießen am Strand entlang zu wandern und den Sand unter den Pfötchen zu spüren oder die Dünen mit ihr zusammen hinunterzuspringen und sich in den weichen Sand plumpsen lassen.

In späteren Urlauben fühlte ich mich dann sicherer, denn meine Antje war immer dabei und wir passten, wie Jana gesagt hatte, gut aufeinander auf.

Ich traf auch Nero wieder. Er kam mit Kerstin und Bruno zu Besuch und auch ich besuchte ihn mit Antje zusammen. Bruno strahlte immer, als er mich sah und war ganz begeistert, wie ich mich entwickelte.»Da schau an, Pipo, was aus Dir geworden bist. Kein Vergleich zu dem mageren schwachen Hund, der mir damals aus dem Maisfeld entgegen kam.« Dann wuschelte er mir über den Kopf.»Gelt das war eine gute Idee, dich mitzunehmen.« Mit Nero zusammen spielte ich dann auf den Wiesen beim Spazieren gehen. Da er jünger und größer war, war er natürlich flinker als ich, aber er nahm Rücksicht, so dass es immer ein großes Vergnügen war.

So vergingen die Jahre. Wundervolle Jahr an denen jeder Tag ein neues Abenteuer mit meiner Antje war. Wir waren unzertrennlich bis zu dem heutigen Tag.

13

Denkst du darüber nach wie du zu Antje kamst?« Janas Stimme reist mich aus meinen Gedanken. Ich bin wieder im Hier und Jetzt; mit meiner Antje im Garten unter dem Kirschbaum

Jetzt merke ich auch wieder, wie schwer mir das Atmen fällt. Als ich meinen Erinnerungen nachhing, hatte ich das kaum bemerkt.

»Es ist nun Zeit, Pipo. Wir müssen jetzt gehen.«

»Aber Antje... Kann ich nicht noch ein bisschen..?«

»Das geht leider nicht. Das ist nun mal der Lauf des Lebens, dass es eines Tages endet.«

Aus dem Augenwinkel sehe ich, dass sich am Himmel etwas tut. Ich blicke auf und sehe, dass sich ein Regenbogen von oben herunter bildet. Langsam kommen die warmen Farben näher und der Regenbogen hört genau vor mir auf.

»Komm«, sagt Jana sanft und hüpft auf den Regenbogen. »Das ist die Regenbogenbrücke.«

Ich fühle mich auf einmal leicht, unbeschwert und glücklich. Voller Kraft und ohne Schmerz oder Unwohlsein. Es ist ein unbeschreibliches Gefühl. Angenehmer als Worte ausdrücken vermögen. Ich nehme einen letzten Atemzug und folge Jana auf die Regenbogenbrücke.

Ich höre wie Antje aufschluchzt und drehe mich um. Sie beugt sich über meinen zurückgelassenen Körper. Sie weint so bitterlich, dass ihre Schultern beben. Ich möchte zurückgehen und sie trösten, aber Jana hält mich zurück.

»Das ist der Preis, den sie bezahlen muss. Der Preis für die vielen Jahre gemeinsamen Glücks. Weißt du als Kerstin damals bei ihr angerufen hat, da war ich doch bei ihr. Und sie wusste genau, welchen Preis sie einst werde bezahlen müssen. Sie hatte die Erfahrung schon damals gemacht, als ich gegangen bin. Als ich zu ihr kam, kannte sie den Preis noch nicht. Bevor sie beschloss, zu Kerstin und Bruno zu fahren, um dich abzuholen, da hat sie mit sich gerungen aus Angst vor dem Schmerz, der kommen wird, wenn du einmal gehen musst.

Aber sie hat sich entscheiden, den Preis zu bezahlen. Er sei doch gering für das, was ihr beide dafür bekommt. die Zeit miteinander, die gegenseitige Freundschaft und Liebe.

»Meinst du, ihr tut die Entscheidung jetzt leid?«

»Sicher nicht. Das weiß ich genau. Ihr Schmerz wird vergehen, aber die Liebe und die Erinnerung an eure gemeinsame glückliche Zeit wird bestehen bleiben.«

Ich sehe mich noch ein letztes Mal nach Antje um und gehe mit Jana die Regenbogenbrücke hinauf.

»Du konntest doch wiederkommen. Kann ich das dann auch?«

»Nicht ganz so wie du warst, aber so wie ich - beziehungsweise so wie du jetzt bist - geht das schon. Aber sie wird dich nicht sehen. Menschen können das nicht. Aber sie wird vielleicht deine Nähe spüren können. Aber nun komm zuerst mit und sieh dir an, was dein neues Leben auf der anderen Seite der Regenbogenbrücke bereithält.«

Jana hüpft den kleinen Absatz der Brücke hinunter. Ich springe hinterher.

Ich kann nicht beschreiben, wie es dort ist, dafür sind Worte nicht gemacht und weltlicher Verstand nicht ausreichend,

Ich kann nur sagen es sind viele, viele Tiere hier. Auch Hunde, die ich aus dem Tierheim kannte und Hunde, die für Rocky und

Daisy und andere Tierheimfreunde gesorgt hatten, so wie Jana für mich. Und alle sind glücklich.

Ich weiß nicht, wie viel Zeit vergangen ist, denn Zeit spielt hier keine Rolle; Jana kommt zu mir und fragt, ob ich sie bei einer Aufgabe begleiten will.

»Was für eine Aufgabe?«, frage ich.

»Wer möchte, darf Aufgaben übernehmen. Eine Aufgabe ist für den richtigen Hund den richtigen Mensch oder die richtigen Menschen zu finden und sie zusammenzubringen. Weist du, so wie ich dich mit Antje zusammengebracht habe.«

Ich bin natürlich sofort Feuer und Flamme.

»Und wir dürfen den richtigen Hund für unsere Menschen zusammenbringen; also für Antje.«

»Das würde mich freuen.«

»Wir beide kennen Antje schließlich am besten und deshalb dürfen wir beide uns darum kümmern. Natürlich nur wenn du auch möchtest.«

Selbstverständlich möchte ich.

»Antje kann dann wieder einen Hund umsorgen und mit ihm glücklich sein. Und die kleine Zuki bekommt ein Zuhause und ihren richtigen Menschen.«

»Zuki?« frage ich.

»Ja so heißt die Hundedame für die wir sorgen werden.«

Zuki also. Ich schwebe mit Jana zusammen zurück zur Welt. Es fühlt sich anders an, jetzt da ich selbst anders bin. Ich muss ein bisschen aufpassen, dass ich auf dem Boden gehe und nicht versehentlich ein bisschen darüber oder darunter. Es sieht nämlich sonst zu lustig aus.

Wir schnüffeln unseren Weg zu Zuki. Es ist merkwürdig, aber ich weiß genau, wie Zuki riecht und ich kann sie von überall her ausmachen. Jana und ich kommen an einem Tierheim an. Es ist Abend und die dort arbeitenden Menschen sind nicht mehr im Hundehaus. Wir gehen einfach durch die geschlossene Tür durch, Jana und ich. Vor Zukis Zwinger halten wir kurz an.

Jana dreht sich zu mir. »Ich weiß, man vergisst es leicht, aber wir sollten achtgeben, dass wir vollständig im Raum sind. Die lebenden Hunde erschrecken sich sonst. Und das wollen wir doch nicht.« Ich schaue an mir nach hinten und sehe, dass meine hintere Hälfte in der Wand steht. Ich muss lachen »Du hast dich aber auch nicht immer daran gehalten.«

»Stimmt.«, Jana fällt in mein Lachen mit ein, »Aber ich sage ja, man vergisst es leicht, weil man es auch nicht merkt.«

Dann sind wir still und gehen leise durch die Wand in Zukis Zwinger. Sie liegt dort zusammengerollt auf einer Decke. Wir kommen näher und Jana stupst die schlafende Zuki ganz sacht mit der Schnauze.

»Hallo Zuki.«, sage ich sanft.

Zuki hebt verschlafen die Augenlider, ist dann aber hellwach als sie uns bemerkt.

»Huch, wer seid ihr denn?«, stammelt sie verdutzt.

»Ich heiße Jana.«

»Und ich heiße Pipo, und wir wollen dir helfen.«

»Warum denn das?«

»Dir geht es nicht gut. Wir spüren das. Und wir haben die Aufgabe, uns um dich zu kümmern.« Ich lege beruhigend meine Pfote auf ihre. Und als sie immer noch ganz verdattert dreinschaut ergänzt Jana: »Vertrau uns. Wir haben einen anderen Plan mit dir. Du sollst nicht hier bleiben.«

»Ja ich will hier weg. Es ist gar nicht schön hier. Aber wo kann ich denn hingehen?«

»Zu unserem Menschen!«, erwidern Jana und ich zusammen. Wir schauen uns kurz in die Augen und lächeln dann Zuki aufmunternd an.

»Alles wird gut, Zuki. Vertrau uns.«

EPILOG

Auch Zuki ist zu Antje gekommen und hat sich nach vielen Jahren Jana und mir angeschlossen, als wir sie zusammen über die Regenbogenbrücke begleiteten.

Jana, Zuki und ich haben dann eine neue Aufgabe übernommen und Ivy zu Antje gebracht. Und wir werden auch Ivy irgendwann über die Regenbogenbrücke begleiten.

Und eines Tages, der bestimmt noch lange hin ist, werden wir alle zusammen am Anfang der Regenbogenbrücke stehen und dann kann Antje uns auch wieder sehen und nicht nur spüren, wenn wir dann unseren Lieblingsmenschen gemeinsam über die Regenbogenbrücke führen.

Nachwort der Autorin

Wenn auch nur ein Mensch dieses Buch zur Seite legt und sich daraufhin entschließt einem Tier ein schönes Leben zu schenken, haben sich für mich alle Kosten und Mühen gelohnt. Ich würde mich freuen deine persönliche Tiererfolgsgeschichte zu hören (z.B. https://www.facebook.com/sybille.miller.967)

Ich wünsche euch und euren geliebten Tieren von Herzen alles Gute

Eure Sybille Miller

Zeitfracht Medien GmbH
Ferdinand-Jühlke-Straße 7
99095 Erfurt, Deutschland
produktsicherheit@kolibri360.de